Polyna G. Baná

PEQUEÑAS GRIETAS

Polyna G. Baná

PEQUEÑAS GRIETAS

Introducción de Moschos Morfakidis Filactós
Traducción de Ricardo Rodríguez Parejo, Miguel Castro Rubiño
Francisco Morcillo Ibañez, Moschos Morfakidis Filactós

Granada 2024
Centro de Estudios Bizantinos, Neogriegos y Chipriotas

Biblioteca de Autores Griegos Contemporáneos

Directora
Olga Omatos Sánchez

Comité científico
Maila García Amorós, Idoia Mamolar Sánchez,
Panagiota Papadopoulou, Raquel Pérez Mena

DATOS DE PUBLICACIÓN

Polyna G. Baná, *Pequeñas Grietas*

Introducción de Moschos Morfakidis Filactós
Traducción de Ricardo Rodríguez Parejo, Miguel Castro Rubiño, Francisco Morcillo Ibañez, Moschos Morfakidis Filactós
pp. 82

1. Literatura Griega Moderna   2. Prosa

© Centro de Estudios Bizantinos, Neogriegos y Chipriotas
Edificio Josefina Castro Vizoso. Universidad de Granada
Avenida de Madrid, 18071. Granada, España

© De la traducción: Ricardo Rodríguez Parejo, Francisco Morcillo Ibañez, Moschos Morfakidis Filactós

Primera edición: 2024
ISBN: 978-84-18948-40-4
Depósito legal: GR 884-2024

Maquetación: Jorge Lemus Pérez

Edición patrocinada por: Biblioteca Pública Central de Drama
Χορηγός έκδοσης: Δημόσια Κεντρική Βιβλιοθήκη Δράμας

ÍNDICE

INTRODUCCIÓN

Polyna G. Baná nació en la ciudad de Drama (Grecia) en 1968. Se graduó en Derecho, en Lengua y Filología Inglesa en la Universidad Aristóteles de Salónica, y ha realizado estudios de máster en Desarrollo y Administración Local y Regional. Tiene también estudios en literatura francesa (Diplôme d' Études Françaises-2ème degré, Option: Littérature) y de lengua italiana (Diploma di Lingua Italiana). Ejerce la abogacía en Drama y es Consejera Jurídica del Ayuntamiento de la misma ciudad.

Su actividad extraprofesional se centra en la animación cultural. Desde hace tres décadas se dedica sistemáticamente a la presentación de libros de literatura y la organización de actividades culturales, así como a la presentación de temas literarios y culturales en conferencias y jornadas.

Debutó en las letras griegas en 2017 con la colección poética, *La manifiesta extraversión de las vocales*, obra bien recibida por la crítica que señaló la madurez poética de una autora novel. La colección se compone de 35 poemas que giran sobre la difícil y a veces extremadamente dura situación de la mujer griega trabajadora de entre cuarenta y cincuenta años. Se trata de una poesía muy personal que puede dar la impresión de tener un carácter autobiográfico en forma de diario personal en el que su autora contempla su vida anterior después de someterla a un minucioso examen. Consciente de la propensión de la naturaleza humana a sucumbir a las convenciones sociales, reconoce fallos y acepta responsabilidades, pero con el convencimiento de que con voluntad y persistencia se puede lograr la realización como persona y como mujer. En una visión casi espiritual de la vida, se asume la existencia de una realidad distinta a la que se vive y una separación entre lo auténtico del ser y lo que aparenta.

Su técnica combina varios elementos: economía de la expresión, ausencia de exageraciones, equilibrio entre lo lírico y lo dramático, uso de la contraposición (primero una cosa y luego lo contrario), humor amargo y sarcasmo que sirven para superar situaciones difíciles. La lengua es directa y sencilla extraída de la vida cotidiana y con elementos de la kazarévusa (expresiones, genitivos, participios), relacionados directamente con el lenguaje de su trabajo, que se incorporan sin problema.

En el mismo año, uno de sus poemas fue incluido en la prestigiosa serie de antologías que edita anualmente la editorial Kinonía ton Dekaton de Atenas, que elaboraron los conocidos críticos de literatura, Ilias Kefalas y Konstantinos Buras. Poemas suyos fueron publicados en varias revistas impresas como *Diodos 66100*, *Mandragoras*, *Thefth*, *Décata*, *Odós Panós*, *Karyothrafstis* y electronicas como *diastixo.gr* y blogs como *Piitikós Pyrinas*.

En los años que siguieron, Polyna Baná entró en el terreno del pequeño relato para ofrecer historias relacionadas a las condiciones sociales que moldean el carácter de las personas, y sobre todo de las mujeres. De hecho, desde el 2020 hasta la actualidad, relatos suyos aparecieron en varias antologías realizadas por conocidos profesores universitarios y críticos literarios, entre los que cabría mencionar el titulado "Con el serio pretexto de una joven griega", editado en 2020 por Elpidoforos Intzémpelis en su antología con el título *1821: através de la mirada de autores contemporáneos* o "Era la guerra" en la obra colectiva *¿La Guerra Origen de Todo?* Una antología por la paz editada en 2023 por la Sociedad de Autores de Literatura de Salónica.

En 2022 apareció su colección, *Pequeñas grietas*, que es la se ofrece aquí en traducción española. Su temática se centra en los vicios del ámbito provincial griego que atan al individuo y lo obligan a resignarse y llegar a consensos que socavan su realización como persona. Las relaciones de dependencia entre hombres y mujeres, y entre miembros de una familia o los vicios y mezquindades de las personas son el eje alrededor del cual gira todo el libro. En una hábil narración se dibuja el perfil de las personalidades de los heroes y se saca a la luz una serie de normas y limitaciones sociales que condicionan la vida del individuo: convencionalismos, doble moral, apetencias, fingimientos, desilusiones, hedonismo, afán por imponerse, la prisa para ascender socialmente y a toda costa, y un largo etcétera. En realidad, se revela el caos que separa la apariencia de la realidad, mostrando el lado oscuro del hombre que se impone a su lado luminoso obstaculizando la solvente reflexión y, en definitiva, el autoconocimiento.

Pequeñas grietas consta de dieciocho relatos cortos que se reparten en seis unidades temáticas cuyos títulos ya anuncian el contenido de los textos. En ellos se tocan principalmente dos temas relacionados con la anulación de la propia identidad de los seres y, en consecuencia, su realización como personas: a) los condicionamientos socio-económicos y los prejuicios que llevan a la mujer a la completa dependencia del hombre (esposo o amante) y la obligación de ver la maternidad como un deber; b) la frivolidad y la trivialidad que convierten a los individuos en tipos pintorescos y completamente supeditados por fijaciones o vicios.

De este modo, vemos que en los cinco relatos de la primera unidad, se dibujan las normas y convenciones que coartan la vida y la personalidad de la mujer, sobre todo en la sociedad griega provinciana, y crean grietas en los personajes femeninos que incluyen los relatos: el deterioro de las relaciones en el matrimonio que se basó en el amor, pero degenerado ahora en una aparente indiferencia e incompatibilidad; la mujer que, pese a sus estudios y preparación, se ve encajonada en el papel de ama de casa que le moldea una personalidad trivial dominada por el consumismo; la joven que el ámbito familiar le inculca la convicción de que la meta de su vida es lograr un "buen" matrimonio; la mujer trabajadora y, a la vez, ama de casa y educadora de los hijos, que soporta patéticamente la incomprensión del ambiente familiar (suegra); la mujer que renuncia a la maternidad, pero no tiene el valor de decirlo y pone como causa la esterilidad.

Los cuatro relatos de la segunda unidad, dibujan las diversas maneras con las que la mujer de provincias contempla el matrimonio, teniendo como eje la caza de un "buen partido", unas veces desde una postura conservadora y otras para dar fin a una vida turbia de la que desea salir. En este último caso, la historia se hace aún más estrafalaria cuando se trata de los hijos varones, a la vez que se presenta la distinta visión que pueden tener al respecto los hombres de la familia.

En la tercera unidad, se presentan en dos relatos distintas formas de dependencia de las mujeres: a) la económica, de una esposa ejemplar y de la amante que ve al hombre como remedio de su situación ecomómica y b) la sexómana.

Las tres últimas unidades, compuestas de dos relatos cada una, presentan a tipos de hombres casi marginales, cuya vida está condicionada por sus fijaciones, apasionamientos y vanidades: trabajadores que gastan su dinero en el puticlub, donde se sienten importantes dejando excelentes propinas; otros porque están "colados" de una de las cantantes a la que no se atreven a confesar su amor; el joven que se ve realizado en la vida al "ascender" a un codiciado puesto de barman en un bar de copas, porque se convierte en el punto de mira de todas y de todos; las jóvenes cuya vida cobra interés los fines de semana a base de beber, drogarse y tener sexo pasajero; el poeta frustrado que, ante la indiferencia de las editoriales por sus poemas, gasta su dinero publicándolos; la frustración del joven con ansias de triunfar como intelectual y como profesional. Por último, el tipo marginal por convicción: el grotesco vendedor de lotería que acepta ser objeto de las burlas de la gente porque así vende más y encima se entera de todos los chismes.

La narración se caracteriza por un rico lenguaje que engloba diversos estratos linguísticos: desde la lengua cotidiana de la calle se pasa con habilidad al argot del lumpen griego y a expresiones de la kazarévusa que se siguen usando hoy en distintos contextos. Toda esta variedad, que presenta serias dificultades en la traducción, evidentemente está relacionada con la formación y el ámbito profesional de la autora, abogada en ejercicio, que le da la oportunidad de conocer ambientes viciosos, comportamientos extremos, hechos reprobables y litigios. A ello se juntan sus vivencias de la realidad de la sociedad provinciana, a veces asfixiante, en la que surgen un sinfín de dependencias y donde la figura del marginado se alterna con frecuencia con la del "loco del pueblo". Esta variedad, narrada con fluidez y destreza, hace que la lectura sea fácil y amena, y facilita que el interés se mantenga hasta el final.

Producción literaria de Polyna G. Baná

Obras

La manifiesta extraversión de las vocales (Η καταφανής εξωστρέφεια των φωνηέντων) [Colección poética], Salónica, Shakespirikón, 2017 (reeditada el mismo año).

Pequeñas grietas (Μικρές ρωγμές) [Colección de relatos cortos], Atenas, Nikas / Helliniki Paideia, 2022.

Participación en obras colectivas

KEFALAS, I.–BOURAS, K. (eds.), *Los poemas de 2017* [Antología de poemas], Atenas, Koinonía ton Dekaton, 2018.

"Con el serio pretexto de una joven griega" (Με σοβαρή αφορμή μια μικρή Ελληνοπούλα), en Elp. Intzémpelis (ed.), *1821: a través de la mirada de autores contemporáneos* [Antología de relatos cortos], Atenas, 24grámmata, 2020.

Una balsa tan pequeñita (Μια τόσο δα μικρή σχεδία), KIOSSÉS, Sp. – NAOUM, F. – MICHALOPOULOS, Ch. – KATSARÍ, X. (eds.), Con una balsa (Με μια σχεδία) Komotiní, Paratiritís de Tracia, 2020.

RIZAKIS, K. Th. (ed.), *Εφ' ενός γίγνεσθαι; 2 ΑΝΘΟΛΟΓΙΟ 2021* [Antología poética], Salónica, Romi (Serie Karyotrhafstis), 2021

"Coche de caballos del Faetón" (Παϊτόνι από το «Φαέθων»)en Elp. Intzempelis (ed.), *Sesenta y seis autores escriben sobre la CIUDAD NATAL* (Εξήντα έξι συγγραφείς γράφουν για τη Γενέθλια πόλη) [Antología de relatos cortos], Atenas, Hellinoekdotikí, 2022.

"El París del Levante" (Το Παρίσι του Λεβάντε), en Elp. Intzémpelis (ed.), *Treinta y seis escritores escriben por la ESMIRNA de la imaginación y de la memoria* [Antología de relatos cortos], Atenas, Hellinoekdotikí, 2022.

"Conduciendo bajo los efectos del espíritu de la Navidad" (Οδηγώντας υπό την επήρεια του πνεύματος των Χριστουγέννων), en Elp. Intzémpelis (ed.), *Treinta y cuatro escritores escriben HISTORIAS DE NAVIDAD* [Antología de relatos cortos], Atenas, Hellinoekdotikí, 2022.

"El orgullo de su padre" (Το καμάρι του πατέρα του), en *T. Theodoridou, De puerta a puerta en las callejuelas de Drama* (λεύκωμα φωτογραφιών και κειμένων) Alexandros Kontis (ed.), Drama, 2022.

"Una mañana corriente de un día corriente" (Ένα συνηθισμένο πρωινό μίας συνηθισμένης μέρας), en Sociedad de Autores de Literatura de Salonica *Calendario Literario 2023: Violencia contra las mujeres*, [Antología de relatos cortos], Salónica, Romi, 2023.

"Era la guerra" (Πόλεμος ήτανε), en Sociedad de Autores de Literatura de Salónica *¿La Guerra Origen de Todo? Una antología por la paz* [Antología de relatos cortos], Salónica, 2023.

"Las fatales consecuencias del mecanismo de un viejo reloj" (Οι μοιραίες επιπτώσεις του μηχανισμού ενός παλιού ρολογιού), en *El tiempo que pasa y se pierde: Colección de textos y fotografías* [Antología de relatos cortos], Kozani, Parémvasi, 2023.

"Después del fin del mundo, el definitivo final" (Μετά τη συντέλεια, το οριστικό τέλος), en Sociedad de Autores de Literatura de Salonica *Calendario Literario 2024: El Planeta Tierra* [Antología de relatos cortos], Atenas, Ed. ΑΩ, 2024.

"Tiempos inocentes" (Αθώες εποχές), en Elp. Intzémpelis (ed.), *Nuestros veranos: 43 historias veraniegas* [Antología de relatos cortos], Atenas, Lemvos, 2024.

Traducciones

"Siete poemas de Meng Lang" (traducción del inglés), *Poetix*, 28 (otoño-primavera 2022).

"Dos poemas de Meng Lang, miembro de la escena poética china de *underground*" (traducción del inglés), *Diodos 66100*, 28 (julio 2022).

Referencias a la obra de Polyna G. Baná (selección)

La manifiesta extraversión de las vocales:

ΑΔΑΛΟΓΛΟΥ, Κυριακή-Κούλα, "Η καταφανής εξωστρέφεια ενός εσωστρεφούς ποιητικού υποκειμένου", *frear.gr* (13/04/2018)

ΑΡΑΓΗΣ, Γιώργος, "Σ' ένα μικρό, αεροστεγές, γυάλινο βάζο", *www. bookpress.gr* (14/05/2019).

ΔΕΛΙΟΠΟΥΛΟΣ, Γιώργος, "Ο καθρέπτης της ποίησης", *Παρέμβαση*, 187 (primavera 2018), pp. 108-110.

ΔΙΑΒΑΤΗ, Αρχοντούλα, "ΝΑΥΤΙΑ, ή "όταν υπολείπε(σ)αι κατά είκοσι τρεις πόντους τουλάχιστον / του εκάστοτε ύψους των περιστάσεων", *Fractal* (nov. 2017).

ΕΞΑΡΧΟΥ, Καλλιόπη, "Η καταφανής εξωστρέφεια των φωνηέντων", *ΘΕΥΘ*, 6 (dic. 2017), pp. 130-132.

ΚΑΪΤΑΤΖΗ-ΧΟΥΛΙΟΥΜΗ, Δέσποινα, "Η καταφανής εξωστρέφεια των φωνηέντων", *Diodos 66100*, 15 (diciembre 2018), pp. 171-175.

ΚΑΡΙΖΩΝΗ, Κατερίνα, "Αντλώντας από τη Μνήμη", Fractal (nov. 2017)

ΚΟΝΙΔΑΡΗΣ, Δημήτριος, "Όχι δόντια σφιγμένα", *Pórfyras*, 172-173 (oct.-dic. 2020), pp. 339-340.

ΚΟΥΤΣΟΥΜΠΕΛΗ, Χλόη, "Η καταφανής εξωστρέφεια των φωνηέντων", *diastixo*.gr (15/01/2019).

ΛΟΥΚΙΔΟΥ, Ευτυχία-Αλεξάνδρα, "Μια χειρουργικά προσεκτική ποίηση", *Koralli*, 17 (abr.-sept. 2018).

ΜΙΧΑΗΛΙΔΗΣ, Μάριος, "Μονίμως αιωρούμενη στην άκρη του γκρεμού", *www.bookpress.gr* (05/11/2017).

ΝΟΥΣΔΙΛΗΣ, Άγγελος Θ. "Η καταφανής εξωστρέφεια των φωνηέντων" της Πολύνας Μπανά", diario *Χρονικά της Δράμας* (28/11/2017), pp. 5-6

ΣΑΜΑΡΑ, Ζωή, "Η καταφανής εξωστρέφεια των φωνηέντων", *Diodos 66100*, 13 (febr. 2018), pp. 151-153.

ΤΣΕΛΙΚΗΣ, Περικλής, "Η καταφανής εξωστρέφεια των φωνηέντων", *Mandragoras*, 66 (abril 2022), pp. 109-111.

ΧΑΡΤΟΜΑΤΣΙΔΗΣ, Χρήστος, *"Η καταφανής εξωστρέφεια των φωνηέντων"*, *ΘΕΥΘ, 8 (dic. 2018)*, pp. 161-167.

ΧΛΩΠΤΣΙΟΥΔΗΣ, Δήμος, "Η εσωστρεφής ποιητική ειρωνεία της Πολύνας Μπανά", *Μανδραγόρας*, 57 (dic.2017), pp. 136-137.

ΧΑΡΠΑΝΤΙΔΗΣ, Κοσμάς, "Η εξωστρέφεια των φωνηέντων του κόσμου και η άμυνα του ποιητή", *Fractal* (09/10/2018).

Presentación de la colección poética *La manifiesta extraversión de las vocales* de Polyna Baná (youtube) [https://www.youtube.com/watch?app=desktop&v=-OIQb_D84lU]

Pequeñas grietas

ΑΔΑΛΟΓΛΟΥ, Κυριακή, "Ανάσες πεζογραφίας", *Fractal* (26/09/2023).

ΑΥΔΙΚΟΣ, Ευάγγελος, "Πολύνα Γ. Μπανά. Μικρές Ρωγμές", *Culture Book* (10/02/2024).

ΒΑΣΙΛΕΙΑΔΗΣ, Βασίλης, "Η εύγλωττη ρωγμή της αφήγησης", *Odós Panós*, 200 (10/02/2024), pp. 151-157.

ΓΚΟΥΛΙΑΜΑ, Αλεξάνδρα, "Μικρές Ρωγμές" - Μεγάλες Αλήθειες δια Λόγου και Τέχνης", *Diodos 66100*, 23 (diciembre 2022), pp. 182-185.

ΖΕΤΤΑ, Σύλια, "Διαβάζοντας τις Ρωγμές της Πολύνας Μπανά", *Odós Panós*, 198 (jul.-sept. 2023), pp. 151-154.

ΙΑΚΩΒΟΥ, Χρυσάνθη, "Μικρές ρωγμές", *http://www.periou.gr* (05/08/2023).

ΚΑΪΤΑΤΖΗ–ΧΟΥΛΙΟΥΜΗ, Δέσποινα, "Μικρές ρωγμές", *Diastixo.gr* (18/01/2022).

ΚΑΡΑΚΟΚΚΙΝΟΣ, Ανδρέας, "Μικρές ρωγμές", *http://www.periou.gr* (25/02/2023).

ΚΙΟΣΣΕΣ, Σπύρος, "Μικρές ρωγμές", *www.bookpress.gr* (08/10/2023).

ΠΑΠΑΣΤΕΡΓΙΟΥ, Δημήτρης, "Μικρές ρωγμές παντού", *Καρυοθραύστις*, (14/07/2023), pp. 112-113.

ΤΣΙΑΜΠΟΥΣΗΣ, Βασίλης, "Μικρές Ρωγμές", *Mandragoras*, 69 (nov. 2023), pp. 161-167.

ΧΑΡΤΟΜΑΤΣΙΔΗΣ, Χρήστος, "Μικρές ρωγμές", mandragoras-magazine. gr, *(20/01/2023)*.

Pequeñas grietas

UNIDAD I

La condición femenina

Juegos mentales

Llevaban varios años sin siquiera poder hablar. Eran incapaces. No había manera. Ni explicación aparente. Fruto de una práctica de años, casi inmemoriales. Por costumbre. Por un callejón sin salida al que llegaron sin apenas darse cuenta. Independiente de la causa, el resultado seguía igual. No podían. Ella por lo general escuchaba, con una paciencia que se agotaba pronto, desesperadamente pronto, sus monótonas historias, sus descripciones interminables, llenas de someros incisos, vueltas y revueltas. Mantenía la mirada clavada en el suelo o, en concreto, sobre su cabeza parlante, en un esfuerzo heroico por no atravesarlo con su mirada candente de tedio insufrible. Esperaba su turno para tomar la palabra.

Sabía que, al poco rato, por algún nimio motivo, llegaría la explosión, violenta, desmedida, incontrolable, y se lanzarían mutuamente palabras hirientes, llenas de ira, una furia sin fin. Estarían enfadados durante algunos días. Días en los que el uno ignoraría ostensiblemente la existencia del otro, mantendría la distancia del otro o, en el mejor de los casos, intercambiaría palabras comedidas y condescendientes. Las justas y necesarias. Las mínimas posibles. «¿Quieres café?», «¿qué hago de comer?», según la dureza con la que el uno había herido al otro la última vez.

Y las broncas se sucedían con una rapidez y una frecuencia envidiables. Hubo una vez en la que su enfado duró todo un mes. Vivían y se movían por la misma casa y uno trataba al otro como si fuese invisible. La única concesión que ambos aceptaban era reconocer la existencia del otro cuando se apartaban ligeramente con un saltito brusco y corto al cruzarse en el pasillo o al abrir alguna puerta.

Para ella era doloroso. Casi agotador. Para él, no lo sabía. Nunca le dejó comprender si su enfado se debía a que ella le había herido el ego con sus palabras o si había ramificaciones más profundas que se entrelazaban con su relación rota desde hace mucho tiempo.

Claro que no siempre fueron así las cosas. Durante los primeros años de su matrimonio había —¡sí, estaba segura!— un amor que superaba las posibles diferencias de carácter y personalidad. Pero, por otra parte, un hecho inamovible era que las cosas entre ellos habían acabado así. Y sabía que no cambiarían hasta el final.

Y le dolía porque no quería que fuera así. No lo quería en absoluto. No obstante, con el tiempo, había aprendido que hay algunas cosas que están por encima de nuestras fuerzas. Incluso con aquellas personas a las que queremos y con quienes convivimos una vida entera. O, más bien, justo con aquellas personas a las que queremos y con quienes convivimos una vida entera. Porque la naturaleza humana es imperfecta y las inseguridades de la gente se proyectan sobre los demás, chocando con las propias y que, al final, construyen en común una muralla infranqueable, incluso tratándose de la gente más familiar y nuestra. Sobre todo, tratándose de la gente más familiar y nuestra, es, por definición, el objetivo más sencillo.

Un día antes de que él muriera, tuvieron una última bronca monumental. Como siempre, la excusa fue insignificante y una cosa llevó a la otra. La puerta de la sala de estar se cerró por enésima vez, con estruendo y dejándolo sin aliento y derrotado en su sillón. En su entierro, dos días después, lloraba con lastimeros sollozos, como un niño pequeño. Se puso el luto y no se lo quitó. Y eligió, sin pensarlo, casi por instinto y para poder seguir adelante sin él, recordar cómo era su relación entonces, en los primeros años de su matrimonio: despreocupada, sincera y juguetona, en un clima de complicidad espontánea entre ellos frente a todos los demás. De aquí en adelante viviría con sus recuerdos selectivos, pero también con sus remordimientos por cómo dejó que esta relación mutara y se redujera a una rabiosa rivalidad, a un antagonismo desbocado hasta la caída final, a un ininterrumpido y perfecto despedazarse.

Pero lo que más le sorprendió fue que en los años venideros iría a su tumba al menos tres veces a la semana y le hablaría tranquilamente de todo lo que se había guardado dentro de sí durante todos estos años, dejando salir, tímidamente al principio y por oleadas más adelante, todo su cariño, perdido hacía tiempo, y su ternura hacia él. Y lo más extraño: tendría la ciega convicción de que él la escuchaba y sentía exactamente lo mismo. Era como si hubiera retrocedido en el tiempo y revivido los primeros y plácidos años de su matrimonio. «Como una segunda luna de miel», pensaba y sonreía amargamente.

Y para tranquilizarse de que no empezaba a volverse loca, reflexionaba a todas horas en alto: —La presencia física no es siempre necesaria. ¡Son todo juegos mentales!

La mejor amiga de los tenderos

Comprar, comprar, comprar... Era, sin duda y con diferencia, la clienta favorita de las tiendas de su pequeña ciudad. Alguna vez pensaba, en su intento por *distraer* aquella adicción suya, que, desde un punto de vista, contribuye decisivamente a fomentar la economía local. Sea como fuere, lo cierto es que tanto los tenderos como las vendedoras, con los años, se habían convertido en sus mejores amigos. O en los únicos y verdaderos amigos, a juzgar por la sincera alegría con la que la recibían en sus tiendas y por su auténtico placer al volver a verla.

Y ella, en cambio, sabía bien cómo apoyar a sus amigos, cómo mantener cálida su amistad y vivo su entusiasmo; les daba generosas cantidades y quedaba apuntada en sus libros de cuentas junto a lo debido («débitos pendientes» como los renombraba para su marido), entre otros tantos.

Su recorrido por las tiendas era diario. Las compras, lo mismo. Desde cacharros de cocina y aparatitos eléctricos de todo tipo que acababan amontonados en el trastero o en el sótano, fruslerías inservibles y de dudoso gusto, ropa y accesorios que salvaban el abismo entre las *boutiques* de marca y las tienduchas con ropa de serie hasta baratijas y relojes de vendedores ambulantes del mercadillo, que juntaba con joyas costosas de oro que tenía hacinadas en innumerables joyeros y en un sinfín de cajas pequeñas y grandes.

Para ella, ir de compras era una necesidad imperiosa. ¿Quería tomarse un respiro de las tareas del hogar; del cansancio de la fregona y la bayeta? Pues ¡vámonos de compras! ¿Del cabreo por la última gresca con el marido? Pues ¡vámonos de compras! ¿De la

crueldad de sus hijos que no la entendían y ella otro tanto? Pues
¡vámonos de compras! ¿Del gran vacío que sentía a todas horas, sin
confesárselo a nadie; y a quién se lo iba a confesar? Pues ¡vámonos
de compras! ¿De la sensación de fracaso por la vida que no llevó,
por las elecciones que no se atrevió a tomar, por los caminos que no
tomó? Pues ¡vámonos de compras! ¿Por este diploma inútil que se
quedó desaprovechado y olvidado, colgando en un marco dorado
que había empezado a descascarillarse tras la puerta de la sala de
estar? ¡Venga, venga! ¡Vámonos de compras!

La sangría económica del marido, asunto diario desde hace
años, una práctica probada que, desde hacía mucho, había elevado
a un arte refinado. Cincuenta euros, treinta, a veces ochenta para
sus «débitos pendientes» a lo largo y ancho de los comercios de la
ciudad.

Sin embargo, el vacío estaba allí. El sentimiento de fracaso por
no haber explotado su diploma (que, por cierto, se había sacado
con matrícula, después de dejarse la piel estudiando durante cuatro años), por no trabajar y no haber hecho carrera, por no ganar
su propio dinero, por no haber sido nunca independiente (de la
dependencia económica de su padre pasó directamente a la de su
marido), emergía a la superficie como un gigantesco iceberg impo-
sible de ignorar, cada vez que necesitaba sustraerle al marido, con
sus consabidas triquiñuelas, la cantidad necesaria para asegurarse
su *dosis* diaria de compra.

«Al menos», pensaba, consolándose a sí misma, «¡soy la envidia de todas mis amigas luciendo cada día un modelito diferente!».
Cierto. Pero lo que temía confesar, incluso a sí misma, era hasta
cuándo le duraría ser la envidia de sus amigas. Temblaba pensan-
do en el día en que ya no le fuera suficiente…

El supremo principio femenino

Nunca necesitó trabajar. Lo único que necesitó fue, apenas, terminar el instituto. Y eso a la fuerza. No tenía inclinación ni por las ciencias ni por las letras. Ni para nada. O, al menos, no alcanzó a descubrirla. La que sí la alcanzó fue su madre que la alimentó con la idea, desde pequeña, casi desde la infancia, de una *buena* boda y le insufló, a tiempo, el supremo principio femenino de que la prioridad absoluta de toda mujer espabilada es tener un matrimonio de éxito.

Para Matula, así pues, la ruta estaba trazada desde el principio. Una serie de sucesivos noviazgos desde la mera adolescencia, un coro de candidatos a pretendientes, continuas promesas de fidelidad y amor eternos, siempre con el objetivo último de *colocarse* y con el criterio básico de elegir cada *noviazgo*, y su adecuación para este fin.

Rápidamente, muy rápidamente, se encontró comprometida con el mejor colocado de entre todos los candidatos. Tasos, promotor de obras públicas, tenía cerca de unos treinta y cuatro años cuando conoció a Matula, quien entonces rayaba los diecisiete; entrado en los treinta y seis cuando se casó con ella y algo menos de treinta y siete cuando tuvieron a su hijo (al fin y al cabo, fue el repentino embarazo de Matula lo que precipitó la boda o, mejor dicho y para ser exactos, lo que llevó a Tasos a la precipitada decisión de *tomarla*) y alrededor de cuarenta cuando tuvieron a su hija.

Después del segundo hijo, Matula, ya con veintitrés años, consideró que había cumplido de más con sus obligaciones frente a la básica función reproductiva de la institución del matrimonio y nadie más podría reprocharle nada sobre esto. Así, ignoró el deseo de su esposo de un tercer hijo y se negó a quedarse embarazada de nuevo, espetándole el sólido argumento: —Ya tienes al niño como sucesor de la empresa, tienes a la niña para presumir. ¿Para qué quieres un tercer hijo?

Pero, la verdadera razón de esta obstinada negativa de Matula a futuras procreaciones no era otra que el temor a que, tras dos partos seguidos y ya con veintitrés años, un tercero, casi con total seguridad, amenazaría con estropear su figura. Y Matula no se arriesgaba, por nada del mundo, a estropear su figura.

Su figura era su gran arma, su artillería pesada. Era lo que la había llevado hasta donde estaba hoy día. Esposa de un gran promotor, con un chalé de tres plantas en la parte más cara de la ciudad, una casa en la montaña y otra en la playa, viajes por Europa al menos dos veces al año, su propio todoterreno de alta cilindrada, fondo de armario de conocidas casas de moda y peluquera, masajista y esteticistas para manicura y pedicura a domicilio. Una dama renombrada con invitaciones de los miembros más selectos de la *high society* de la ciudad, acceso a las fiestas más *fancies* de la ciudad, mesas a pie de pista en las *boîtes* más *hot* de la ciudad.

Y porque nadie sabe nunca adónde te va a llevar esta jodida vida, y porque, como bien sabía Matula, ya había comenzado a hartarse de Tasos (se había hecho mayor, había cogido peso y ya no le encajaba tanto), quizás, en un futuro próximo, necesitaría de nuevo volver a sacar la artillería.

Para esto necesitaba su figura Matula, y ningún mamón en el mundo se la iba a estropear.

Un reparto justo de las cargas familiares

Preparará la comida la noche anterior. Takis quiere estofado para la comida de mañana. Eso es lo que le apetece. Nada más volver a casa del trabajo, estas eran, en vez de unas *buenas tardes*, las primeras palabras con las que la recibía. —¿Sabes qué he echado de menos? Un estofado bien hecho por tus manitas. ¡Hace tanto tiempo que no lo preparas!

Ahora pela cebollas, de pie, frente a la encimera de la cocina; se seca apresuradamente, con la manga, las lágrimas de sus ojos e intenta recordar qué pone en la agenda a continuación. Dentro de poco, los niños tienen que irse a la cama. Les grita desde la cocina que no se olviden de limpiarse los dientes y decir sus oraciones.

Takis está viendo el fútbol en el televisor. Apoltronado en el sofá, con una cerveza fría y unos bocadillos que acaba de prepararle para merendar. Más vale no pedirle que acueste a los niños. Se subirá por las paredes. —¿Ahora? ¿En el momento más crítico del partido? —le reprocharía. No tenía ninguna gana de peleas. Estaba reventada. Otra vez el jefe la retuvo haciendo horas extras. Trabajaba en la oficina, de ocho de la mañana a siete de la tarde, con solo media hora de descanso entre medias. Y lo mismo se prevé para mañana. Estamos en esas fechas del año: presentar la declaración de la renta. No dan abasto en la oficina de contabilidad.

Suerte que cocina la noche anterior. Solo que no le ha dado tiempo a ayudar a los niños con los deberes del colegio en cuanto hacía falta. Se siente culpable. Merula flaquea en matemáticas y, si no se está encima de ella, no hace los deberes que tiene para el día siguiente. Y no hay manera de que Yannis se aprenda la lección de historia. Ella misma tiene que coger el libro y sacarle las palabras una a una con sacacorchos. ¿Qué hace? ¿Preguntarle a Takis si los niños han hecho los deberes? Esfuerzo inútil. Se lo dejó claro desde el principio: —Los deberes de los niños son cosa tuya. ¡A mí no me metas en historias y matemáticas! Además, por tu trabajo, a ti se te dan mejor los números. —Se siente culpable. Pero, después del trabajo, debía ir de cabeza al supermercado. Se les había acabado el queso y la leche, y apenas les quedaba algo de verdura.

¿Está sonando el teléfono o es su imaginación? ¡Qué alta pone Takis la televisión!

—¿Sí? ¿Es usted, madre? ¡Claro que lo de mañana sigue en pie! ¡Estamos deseosos de verlos! ¡Que tenga buena noche! —Su suegra. Quería cerrar lo de mañana por la noche. ¡Si fue ella la que los invitó a cenar! ¿Cómo lo iba a olvidar? Y si te molestas por hacérselo notar: —Vosotras las que trabajáis estáis un poco distraídas… — responde, como de costumbre, con su consabido tono de desdén.

Su suegra no aprueba que trabaje. —Una esposa tiene que quedarse en casa —argumenta. Es lo que ella hizo—; ¡Y mira que muchachote he criado! ¡El mayor logro de mi vida! —Solo que su suegra opta por ignorar que sólo con el sueldo de Takis no podrían salir adelante para nada, que necesitaban también el sueldo de ella—. ¡Venga, venga! —se pronunciaba cada vez, aquella, con aires de experta—; Trabajas porque quieres salir de casa. ¡Las nuevas generaciones aborrecen las tareas de la casa! —Y aquí su suegra opta por ignorar que sí, trabaja, pero que también hace todas las tareas de la casa.

¡Ah! Y que no se olvide de lavar el mantel de lino blanco antes de irse a dormir. Le dirá a Takis que vaya a la cama y ella irá más tarde. Necesita, sin falta, el mantel de lino para mañana por la noche cuando vengan los suegros. Seguramente, su suegra se lo echaría en cara si no lo ponía: —¡Qué bien! ¡Vosotras, las jóvenes amas de casa, lo habéis simplificado todo! ¡Qué comodidad! Ay, ¿sabes cuántas horas me llevaba lavar a mano y almidonar mi mantelería después de cada comida?

—¡Síí! Lo sé, lo sé. —Le viene cada vez gritarle al morro con toda la fuerza de sus pulmones, al morro de doña María. Pero nunca lo hace. «Es inútil de todas todas», le dicta su razón. Y aunque lo sabe, ¿quién se lo va a valorar?

Delete a la función reproductora del matrimonio

No quería hijos. Desde que tenía conciencia de sí misma, nunca quiso. Nunca envidió a la gente que tenía hijos. Nunca tuvo el ansia, nunca cucamoneó a los niños de los demás, parientes, amigos o conocidos. Muy sencillo, todo este asunto le traía sin cuidado. Era capaz de estar en una habitación llena de bebés y no fijarse en ellos en absoluto. O, más bien y para ser exactos, de fijarse solo en cuán exigentes y malcriados son, qué molesto era el alboroto que montan y cuán sufridos y agotados se ven sus padres, condenados por Dios y por los hombres, a correr para toda la eternidad tras ellos.

Se estaba acercando, ya, a una edad crucial y su postura permanecía inmutable. Su punto de vista, inflexible. Su ser, inconmovible. Sus instintos y sus impulsos, profundamente adormecidos. No podía hacer otra cosa. Estaba por encima de sus fuerzas. Así pues, continuaría haciendo infeliz a su marido. Él quería hijos. Dos, y las dos niñas. Le gustaban mucho las niñas. No se lo había ocultado antes de casarse. Pero, por otro lado, tampoco ella le había ocultado antes de casarse su total indiferencia acerca del asunto.

No sabía y no podía determinar con seguridad la causa exacta de esa posición suya para el resto de su vida. Quizás porque no amaba lo suficiente a la humanidad como para querer perpetuar la especie. *Quizás.* O, quizás, porque no se amaba lo suficiente a sí misma como para querer una extensión viva de su yo, una imagen palpitante ante sus ojos y una copia suya más nueva, una versión suya tal vez mejorada, a su imagen y semejanza. *Quizás.* O, quizás, también, porque se quería a sí misma demasiado y no había lugar en su vida para nadie más y, sobre todo, para alguien que tuviera necesidad de ella y que le exigiera su plena atención y su completa dedicación para el resto de su vida biológica. *Quizás*. O, finalmente, quizás, porque, en el fondo, temía el rechazo en el muy posible caso en el que sus hijos, al crecer y al entrar en la adolescencia o incluso más tarde, se convirtieran en sus enemigos acérrimos y jurados, consagrados, con un celo religioso, a su completa aniquilación. Lo había visto suceder con los hijos de los amigos y de los parientes, lo había sentido también ella misma, aunque no quisiera reconocerlo, con sus propios padres.

Sus amigas, la mayoría con dos y tres hijos, incluso algunas con cuatro, la trataban con sentimientos encontrados de recelo y compasión. Recelo porque, si creyesen lo que decía (y todas deberían reconocer que había sido estable e inmutable durante unas tres décadas desde el comienzo, es decir, desde su adolescencia) llegarían, con exactitud matemática, a la conclusión de que la ausencia total de instinto maternal significaba, sin duda, que algo no iba bien; que no era —para decirlo con elegancia— *natural*. Compasión, en caso de que lo que decía fuese un pretexto, una cortina de humo con el propósito de distraerlas para alejarlas de un secreto más oscuro, del mayor fracaso que una mujer puede sufrir en su vida: su incapacidad para tener hijos. Esta última versión adolecía de una flagrante incoherencia temporal (todas tenían que admitirlo), dado que sus palabras habían permanecido, como ya hemos dicho, constantes e inmutables durante casi tres décadas. Sin embargo, sus amigas la preferían sin pensárselo dos veces y con manifiesto alivio, con el fin de justificarla y no verse obligadas a aislarla como a un *monstruo de la naturaleza*.

Al final, y a pesar del hecho que desde siempre admiraba y se solidarizaba con las mujeres que eligieron no tener hijos y, además, comunicándolo con una franqueza en su entorno familiar y social, decidió, únicamente para su propia comodidad, recurrir a la explicación segura y fácil de comprender que era la incapacidad. Con el objetivo de no escandalizar a la opinión pública de la sociedad local declarando valientemente su absoluto rechazo a acabar reclutada para el proceso reproductivo y para engendrar. Sobra decir que exactamente lo mismo comunicó a su esposo y, encima, sin el más absoluto de los remordimientos ni la posibilidad de replantearlo.

Por otra parte, descubrió con gran pero no menos grata sorpresa, que su declaración mejoró espectacularmente su cotidianeidad y, por extensión, su calidad de vida, puesto que ya disfrutaba de un trato mejor y benevolente por parte de todos (marido inclusive) debido exclusivamente a la aumentada dosis de compasión y comprensión de sus prójimos para con su incapacidad. Y, por encima de todo, valoró que aquello era, desde todo punto de vista, un contrapeso bastante satisfactorio para su *desgracia* por no haberse sentido realizada como mujer.

UNIDAD II

La familia bajo el microscopio

Un novio cotizado

Sabía que era muy solicitado. *Un partidazo,* como solía recordarle su madre en sus incansables esfuerzos por despertarle para que no cayera en las redes de ninguna listorra. Joven. Presentable. Licenciado en Medicina. Con el último modelo de Porsche. El Porsche de papá. Con mucho dinero. El dinero de papá. Heredero de una clínica privada de maternidad. La clínica de papá. La primera clínica, con diferencia, en términos de clientela a kilómetros. Una verdadera mina de oro.

Así que recorría los locales nocturnos de la ciudad, con muchos aires. Era consciente de que era solicitado y lo mostraba. Sentía, con evidente satisfacción, las miradas de las mujeres, las más jóvenes y las menos, todas puestas en él. Oía los susurros de las mesas de alrededor que se preguntaban quién era. Se percataba de los gestos correspondientes. Y él, relajado, confiado, seguro, sociable, oteaba y esperaba.

Coincidió con Sofi, por casualidad, en un mismo grupo una noche en un conocido bar de copas. Rubia, con labios y uñas de un rojo intenso, un escote de vértigo sin sujetador y una minifalda inexistente con los muslos totalmente al aire, se puso a cien. Ella, nada más saber de quién era hijo, se puso también a cien. Antes de que acabara la velada, ya se estaban magreando a base de bien en el asiento trasero del Porsche. Y ya está. Se pillaron. Y no pasó mucho tiempo, en concreto ni un año siquiera, y Sofi empezó a darle la lata y a querer boda. —¡Te has quedado con la primera buscona que se te ha abierto de piernas! Pero se te ha pasado un pequeño detalle, que ya se había abierto antes a cada macho de esta ciudad. Ya me han contado —berreaba su madre. Él no le hacía el menor caso. Estaba colado a tope por Sofi. Era de puta madre y, sí, una campeona en la cama. Para él, esto era lo que más contaba. Porque las tías no necesitan ni títulos ni educación. Ni ninguna inteligencia ni cultura en particular. Aparte de que, cuando las tienen se vuelven difíciles y un coñazo para el hombre. Además, nada de eso se necesita para ser buenas en la cama, para guisarte un buen estofado o para acostar a los niños. Pero ¿qué se le va a hacer? Así era su madre. Posesiva con él. Y no se quedaba satisfecha con ninguna de las que le traía. Se le pasaría. Era cuestión de tiempo. Al final, siempre acababa camelándose a su madre. Tenía sus maneras. Con suavidad y con un par de hábiles zalamerías.

Su padre no le preocupaba. Tenían exactamente los mismos gustos en cuanto a mujeres: despampanantes y de vida; cuanto más, mejor. Además, también su madre en sus años mozos, cuando su padre la conoció, no era precisamente una palomita inocente. ¿Cómo si no iba la Pepona del barrio de abajo a meterse en el bolsillo al tocólogo? Hizo por quedarse preñada a toda prisa y su familia acorraló a su padre para que la restableciera socialmente. Otra cosa es que ahora hace como que no se acuerda. A fin de cuentas, Sofi terminó la secundaria, mientras que su madre a duras penas acabó la primaria.

Esmalte rojo

Ya lo había probado todo. Tanto que ya se había hartado de estar de garbeo. Lo que llevaba queriendo desde hace poco tiempo era encontrar a un mozo, cándido y forrado, para saltarle los plomos de un polvo y echarle el guante. Sí, eso era. Casarse, sentar la cabeza y solucionarse la vida. Volverse una *señora*. Era lo que quería. Ya estaba bien de trasnochar, de emborracharse y de echar polvos. Ya estaba bien de chuletas que rebosaban testosterona y que zurraban a la tía de turno para autoafirmarse. Y Sofi tenía mucha mili como chochete de tíos chungos. Y le habían caído muchas palizas.

Desde los trece, se escapaba por la ventana de la casa de sus padres y se desataba en los locales nocturnos. Baretos, discotecas y clubs de *striptease*. Lo había hecho todo y había probado de todo en los últimos catorce años. Ni recordaba ya con cuántos se había acostado. No, mentira. Si se ponía a hacer cuentas y si se estrujaba mucho los sesos seguro que se acordaría y podría hacer una lista, no por orden cronológico, por supuesto, ¿quién se acuerda de esos detalles? Pero, más o menos, llegaría a un número aproximado.

Pronto sus padres se dieron cuenta de que ni con palabras ni con la correa del padre, que hacía horas extras al principio, conseguían surtir el menor efecto sobre ella. Iba a hacer, de un modo u otro, lo que le viniera en gana. Y lo que le venía en gana a Sofi era trasnochar, emborracharse, tíos y alguna que otra raya cuando la pandilla se estiraba. Por épocas, pasaba largas temporadas constantemente hecha polvo por la bebida. Desaparecida veinticuatro horas al día. Arrastrando el alma, la mirada turbia y con la mente flotando, abotargada, sobre cantidades ingentes de güisqui de garrafón. Es lo que quería. Pasó por camas, habitaciones de hoteles baratos, asientos traseros de coches de todas las cilindradas e, incluso, por las cajas de las camionetas. Le daba igual. Nunca se preocupó de eso que llaman *reputación*, y menos aún del honor de la familia y del *nombre* —¿y qué nombre ni qué niño muerto?— de su padre. Ni le importaba que su padre la hubiera echado de casa a los quince años, le había escupido a la cara el *putón* de rigor y la había borrado de su vida. Lo que le importaba durante años era pasarlo bien tal como ella lo entendía.

Pero ya estaba bien. Se había hartado. Quería casarse y desentenderse. Tranquila y segura. Además, todavía está de muy buen ver y con creces. Alta, jugosa, con una melena rubia oxigenada, labios y uñas rojos carmesí, pecho generoso y escote de vértigo, minifalda de infarto y los muslos al aire, siempre atraía las hambrientas miradas de los machos. Ella lo sabía, y ellos también. Los hombres quieren a las tías despampanantes y experimentadas. Dispara sus acciones en la bolsa de sus propios valores. Y, sin falta, buena en la cama. Y ella era veterana en esto. Llevaba inmersa en el tema con envidiable diligencia desde los trece años.

Solo le quedaba jugar bien sus cartas y engatusar al primer pardillo forrado con el dinero de papá, a cualquier chiquillo que se le cruzase en su camino. Por esta razón, además, cada noche se paseaba con el uniforme oficial de trabajo (melena rubia oxigenada, labios y uñas rojo carmesí, escote vertiginoso, etc., etc.) de local en local, por toda la ciudad al acecho.

Fue justo anteayer por la noche cuando se topó con un grupo de conocidos en uno de los rincones de siempre y, según le informó la que estaba al lado, a la que se había apresurado a preguntar, que entre ellos estaba el joven vástago y heredero en ciernes del primer tocólogo de la ciudad. Se las arregló para sentarse a su lado. Hasta el final de la noche, se estuvieron magreando en el asiento trasero del Porsche de su papá. Y ya está. El chiquillo no tenía escapatoria. Ella ya tenía su manera de amarrarlo.

Pepona

Habría querido que dejara de llamarla Pepona. Aunque se lo dijese únicamente cuando estaban a solas. En sus momentos más íntimos. Le despertaba recuerdos desagradables. La llevaba muy atrás. Y quería evitar ir tan atrás.

Sí, así la llamaban en su barrio cuando la conoció. Pero con doble sentido. Una *pulla* por sus salidas de marcha y sus idas y venidas con unos y otros. Y, sí, lo reconoce, en sus años mozos le bullía la sangre. Además, era una chica que estaba para mojar pan y los hombres hacían cola para ella. ¿Y qué tenía de malo? Sólo estaba disfrutando de la vida. Pero se casó y lo dejó todo atrás. Se volvió una señora. Esposa de tocólogo. De propietario de una clínica de maternidad. La mejor clínica, con diferencia, de la ciudad. Y se mantuvo a su lado, recta e intachable. Nunca dio pie para reproche alguno. Y las señoras de su nuevo círculo lo valoraban. Y con el paso del tiempo, porque le tomó tiempo, esfuerzo y bastantes desaires mientras tanto, le abrieron sus puertas y sus salones. La aceptaron. La hicieron una de ellas. Y todo eso, ¿para qué? ¿Para que, de pronto, aparezca esta guarrilla y le eche abajo todo lo que había estado construyendo con tanto sacrificio durante todos estos años?

Y ese hijo suyo, ¡vaya tontaina! Lleva advirtiéndole toda la vida para que no caiga en las redes de alguna listilla. —¡Hijo, tú, con tus títulos, tu apellido y tu dinero eres un puro chollo! —siempre le decía—. ¡Que lo sepas! Estate ojo avizor para no caer en la trampa de alguna buscona— le decía. ¿Y dónde fue a parar el mamoncete de su hijo? ¡A Sofi! Mayor arpía no podía haberle tocado—. ¡Esto es lo que pasa cuando los hombres solo piensan con la punta del capullo!

—hablaba sola desconsolada. Y su hijito, inexperto y cándido como era, estaba totalmente colado. Sofi lo había atado a su dedo meñique como un cordel. Corría tras ella como un cachorro. Le bastaba una acaramelada mirada de Sofi para romperse los cuernos y darle todos los caprichos.

En cualquier caso, pensaba, a pesar de negarse en redondo a aceptarlo frente a su hijo y a su marido, que Sofi estaba buena. Una mujerona en toda regla. Le recordaba mucho a ella misma en sus tiempos. Igual de buenorra y apetitosa. ¿Acaso no fue así como volvió loco a su marido? —¡Pero doña Sofi se lo había encontrado todo muy fácil! —volvió a razonar—; Yo necesité dos años y medio y a toda mi familia para acorralarlo al final y se decidiera a hacer oficial lo nuestro. ¡Y a la señora Sofi, en tan solo ocho meses y sin mover un dedo, se le ha servido todo en bandeja!

Y este marido suyo no se mostraba, nada de nada, disgustado con todo cómo marchaban las cosas. Esto era lo que la endemoniaba por encima de todo. Ninguna comprensión, ningún apoyo, por su parte. El mundo se venía abajo y este más bien disfrutaba de la situación. —¡Déjalo! —le decía—. Deja al niño que haga lo que le dé la gana. ¿Acaso sería mejor que nos trajera a alguna cándida mocosa que no se haya hartado de probar de todo y se los ponga a la primera ocasión? Al menos ésta ha probado de todo y no es fácil que corramos el riesgo.

En fin. Como el niño se ha empecinado y quiere tomarla y puesto que su marido no parece tener inconveniente (él, al fin y al cabo, es el instruido en el caso, que asuma sus responsabilidades) que se vaya a la porra. Pero en la boda, la chica ni pinchará ni cortará. En esto será inflexible. De aquí no la mueven. La boda es asunto suyo en exclusiva. Aunque la novia sea morralla, la boda tiene que ser perfecta. Perfecta en todos los aspectos. Su estatus social así lo requiere. Así lo impone su posición económica. La boda se hará como se merece el niño de sus ojos. Como ella misma se merece ¡y punto! Y van a adecentar a la guarrilla. Bajarán las dos a Atenas más o menos una semana para elegir un vestido de novia de la casa Kritharioti (sus vestidos de novia en la tele son una preciosidad, cosa en la que coinciden todas las señoras de la ciudad) y así hacer un rectificado integral de la chica.

Lo único que la aterraba eran los consuegros y cómo conseguiría esconderlos lo máximo posible el día de la boda. Les faltó tiempo a algunos para soltarle que la chica llevaba sin verlos unos años, desde que la echaron a patadas de la casa; pero, a pesar de todo, las apariencias sociales (y en ellas Pepona se había vuelto un hacha con los años) exigían que estuvieran presentes en las *alegrías* de su hija. También le habían adelantado que él es un cobrador de autobuses jubilado y ella una simple mujercita, muy beata, que va siempre en bata negra y despeinada. —¡Dios mío! —pensaba con horror— ¡a quiénes vamos a meter en nuestra casa!

El tocólogo número uno de la ciudad

La mujer lo tenía hasta los huevos con lo del niño. Todo el día con el «dile algo, dile algo». «A ti te va a hacer caso, a mí me ha tomado por el pito del sereno». Pues claro, así como ella le pintó a la tía, lo ha jorobado todo. ¡Mira que llamarla *guarrilla*! Se metió con el chochete del niño y se acabó. Y ya está. Se empecinó. Si hubiese una ocasión entre un millón de que se echara atrás, ahora iba a tomarla solo por joder.

Además, no le daba la razón a su mujer. Mucho follón para nada. Mucho melodrama. Sofi estaba muy bien para el niño de sus ojos. Y el que fuese experimentada (pues las informaciones de su mujer eran muy ciertas en esto) ¿qué importaba? Al contrario. Incluso mejor. Haría de su hijito un hombre. Le hacía falta. Que al fin abriera los ojos y se desenganchara de las faldas de su madre.

¿Acaso su esposa era una niña cándida e inmaculada cuando la conocí? Al fin y al cabo, ¿por qué motivo el vecindario le había puesto el nombre de *Pepona*? Pero, ya ves, la señora se casó con el tocólogo número uno de la ciudad, se codea con la alta sociedad y olvidó sus desmanes del pasado.

Aunque Sofi se tiraba a todo lo que pillaba. Estaba cañón. Un chochete de primera clase. Jugosa, traviesa y despampanante, muy despampanante. Y en la cama tenía que ser una máquina, ¿cómo no, con esa experiencia? Pensaba que, con razón, el chico se había colado por ella. Porque estaba encoñado hasta las trancas. La miraba y se derretía como un helado bajo el sol del mediodía.

Por Sofi, en cambio, no ponía la mano en el fuego. Una mujer así no se enamora de majaderos. Y el niño, muy bueno y todo lo que se quiera, con el título de Medicina en el bolsillo, heredero en ciernes de la clínica y todo lo demás; pero, delante de Sofi, cándido y poca cosa. Sin embargo, le reconocía que había representado su papel magistralmente. Ni que fuera una actriz del Teatro Nacional. Lo miraba a los ojos y dale que te pego a los aleteos de sus pestañas rizadas. Como una colegiala enamorada. Pero no importaba. Basta con que fuera como debe ser. Que no le anduviera con remilgos, que no lo tuviera a dos velas y que le diera un par de churumbeles.

Solo una cosa debería decirle al chaval, sin más, para que tomara las medidas necesarias a tiempo. Que para tener a la mujer bajo control, bajo mano, tranquila y sumisa, debes *tenerla bien servida* con regularidad, con tanta regularidad como te permitan tus fuerzas.

UNIDAD III

La moral actual

Algo de jarabe de palo

No, no tenía ninguna queja con respecto a su vida. Todo iba como un reloj. Su trabajo podría producirle un gran estrés y presión, como a todo pequeño empresario de éxito, pero las ganancias le recompensaban con creces. Se había sacado una buena pasta en los últimos años. Al igual que con su matrimonio. Su mujer era un caso raro. Criaba a sus tres hijos de una forma ejemplar. No tenía ojos salvo para él. Bebía los vientos por él. ¿Y en cuanto a su aspecto? ¡Arrasaba! Una tiarrona con todas las de la ley. No veas como la miraban los hombres allá donde estuviera. ¡Un bomboncito! Pero ella no hacia ni caso. Le era tan fiel y dedicada...

Sólo había un problema. Tras tantos años de matrimonio, ya no lo excitaba. No lo encendía como hombre. Era tan aburrida y previsible en la cama. Sin imaginación. Sin nervio. Probó a enseñarle un par de cosas. Probó a reavivar su relación. Intentó convencerla de que experimentaran. Incluso la puso a ver películas, por si le saltaba alguna idea. Pero ella no solo no correspondió sino que, espantada, se negó, diciéndole entre sollozos que, para que él quisiera hacerle algo así, es que no la quiere y que ya no la respeta. Y así, la dejó tranquila. Ni siquiera la toca. Y ella es tan retraída y pudorosa que ni siquiera se atreve a pedírselo, a pesar de que se ve cuánto lo desea.

Hace ya un año que en uno de los locales nocturnos de la zona conoció a Ludmila. Búlgara, crujiente y, lo más importante, dispuesta a todo. Hubo química con Ludmila. En seguida coincidieron en gustos en la cama. A ella le pone cuando él le pega en plena faena. Se vuelve realmente loca. —¡Más! —le dice—; ¡machote, más! —. Y, después, él se siente otro hombre, renovado. Toda la tensión y el estrés del trabajo se van, desaparecen. Y si alguna vez, en pleno furor, la zurra un poco de más, después siempre le pide perdón. No es que lo quiera, simplemente con el calentón, se deja llevar...

Solo que la vieja, su madre, demuestra que no lo traga en absoluto, porque va a ver los cardenales y las hinchazones y la va a tomar con él. ¿Cómo va a saber ella que a su hija le vuelve loca?

Supervivencia

Desde que conoció a Lakis se relajó. Todas sus preocupaciones echaron a volar. Ya no había ninguna ansiedad por que llegara el primero de mes y tenía que pagar el alquiler. Ahora el alquiler lo pagaba Lakis. Ya todo lo pagaba Lakis. Tanto la comida, como las facturas y los medicamentos. Un señor de pies a cabeza, Lakis. Rumboso en todo su ser. Hasta un coche le compró. —¡Para tus desplazamientos! —Un día le guiñó el ojo con picardía y le soltó las llaves de un flamante Peugeot descapotable. Rojo carmesí. Su color—. Para que haga juego con tu ropa interior. Cuando la llevas… —Sonreía tontamente Lakis.

Por supuesto, estaba casado. Con tres hijos. Sin vistas ni la más mínima intención de divorciarse. Se lo había dejado claro desde el principio: a su mujer la quiere y la respeta. Está a su lado como una señora. Recta e intachable. Y, además, le cría a sus hijos de forma ejemplar. No obstante, no lo enciende. No le pone. Desde hace años. Es que ya van dieciséis años de matrimonio. El pobre no puede más, lo mismo de siempre. Su mujer debe ser algo sosa, como se puede entender. Catástrofe total.

Pero con ella Lakis se lo pasa bien. Lo disfruta. Claro que la verdad es que es un poco raro en la cama, un pelín vicioso. Nada demasiado duro o agresivo. Pero la cuestión es que, de vez en cuando, se deja llevar y le da un poco de más. Y ella, para complacerlo, hace el paripé, como que se pone caliente y pide más y más. No le importa. Sería desagradecida, la molestaría y le montaría un pollo. Lakis le concede todos sus antojos. ¿Cómo va a negarle ella uno de los suyos? Después de todo, ella entiende que lo necesita, que así se evade de los grandes aprietos del trabajo, y le deja. Luego, de hecho, se disculpa con ella la mayoría de las veces con una tímida sonrisa pueril. Así de bueno es Lakis con ella. Además de que, en el fondo, ella sabe muy bien que, si le diese importancia, Lakis se quitaría de en medio a paso ligero y entonces, ¿cómo se las arreglaría ella?

Lo único que le molesta es que se le vean los cardenales y las hinchazones, y que su madre sufra. Sí, sí, de verdad, no hay nada más que le moleste. ¿Acaso estaba mejor en Bulgaria? ¿No le pegaban allí los que se la tiraban? O cuando ella y su madre llegaron a Grecia, dos mujeres solas y sin blanca, y se vio obligada a trabajar en uno de esos conocidos puticlubs de provincia para tener algo que comer ¿acaso los clientes eran menos violentos con ella? Una vez, nunca se le olvidará, un cliente borracho, después de molerla a palos, sacó una navaja para rajarle la cara. El dueño se lo quitó de encima en el último momento, y no por otra cosa sino porque, casualmente, escuchó sus gritos. Fue allí donde una noche, más o menos hace un año, conoció a Lakis y, desde entonces, ¡adiós a esa mierda de trabajo!

El único problema es el sufrimiento de su madre. No traga a Lakis. —Te está haciendo daño, ¡deshazte de él! —le dice a cada rato y se retira al cuarto de atrás cada vez viene Lakis y no tener que verlo.

UNIDAD IV

Díptico *buzuki*

Mesa a pie de pista

Se crio en los locales de buzuki. Trabajaba en el campo como un perro toda la semana, desde el amanecer hasta entrada la noche, para gastar todo, pero todo su dinero, los sábados noche en los locales de buzuki de la zona. Lo conocían en todos los locales de toda el área de la provincia. Y lo recibían como se merecía. Como un rey. Reconocían, con respeto, el hecho de que les soltara todo el peculio, hasta el último centavo. Los *maîtres*, los camareros, las claveleras, la muchacha del guardarropa; todos amigos suyos. Los dueños, íntimos suyos. —¡Buenas, muchachote! ¿Cómo estás, fiera? —Así lo recibían. «Cariño», «tío bueno», «tiarrón» lo piropeaban las chicas. Pensaba alguna vez, con recelo, que lo llamaban así porque olvidaban su verdadero nombre, a pesar de que lo veían cada sábado noche; pero, rápidamente, desechaba ese pensamiento.

En ningún otro sitio, en su vida diaria, había escuchado tales bienvenidas y tantos piropos. En ningún otro sitio, en su vida real, era digno de atención, y cuanto menos de un trato especial. Solo en los locales de buzuki se encontraba a sí mismo. A su verdadero yo. Sólo ahí hallaba la atención y el respeto que realmente merecía. Sólo ahí se sentía importante, señalado, alguien, ¡ahí sí, joder! Y se aseguraba de destacar. Se sentaba siempre en mesa a pie de pista. Se pasaba la noche regando a las cantantes con los claveles marchitos del local. Vaciaba cestas enteras a sus pies. Y cuando ya terminaban su repertorio y se sentaban en su mesa, era el acabose. Los camareros no daban abasto para descorchar los champanes, uno tras otro, para disfrute de ellas. Él no bebía. Además, ¿qué iba a beber? Era una aguachirle. Lo hacía por el *show*. Para presumir y restregárselo por las narices hasta al último de los asiduos del local. Y lo conseguía. Solía echar miradas furtivas a las mesas de alrededor para ver la sorpresa y la envidia en los ojos de los demás hombres. A veces, de hecho, veía como lo señalaban preguntando al dueño, con retintín, quién era.

Con las chicas era un *gentleman*. No les metía mano, como los otros asiduos del local. No las presionaba para uno *rápido* en el asiento trasero del coche o en los aseos, como la mayoría de asiduos del local. Ni siquiera las tocaba. Las respetaba. Eran mujeres que trabajaban duro, que se dedicaban a ésto no por gusto, sino por necesidad. Para poder dar de comer a sus hijos. La mayor parte de ellas, solas, sin marido.

Vino este sábado también, como cada sábado, en torno a las once y media de la noche. Lo recibieron, como siempre, con entusiasmo y reverencias. Se sentó en su mesa. Mesa a pie de pista, como siempre. Hoy no se sentía muy bien. Llevaba notándose raro desde temprano. Tenía frío y sudaba al mismo tiempo. «Tiene que ser por el cansancio», pensó. Aquella semana había trabajado en el campo, veinte horas al día, sin parar. Empezó la función. Se apagaron las luces y salió una de las chicas a la pista. Canciones de amor desesperado a todo volumen. Un dolor agudo atravesó su pecho. Apretó los labios y, sin decir ni pío, como si no quisiese estropear la función, se dobló, poco a poco, en la silla y cayó a plomo al suelo. La primera en verlo fue la cantante y se puso a pegar voces. Llamaron a una ambulancia. Cuando llegó, se confirmó su muerte. En el sitio, de un infarto.

Preguntaron al dueño del local por sus datos personales. Éste no estaba en condiciones de responderles. Sí, venía al local todos los sábados desde que podía recordar, al menos desde los últimos diez o doce años. Pero, joder, aunque lo mataran, no podría recordar su nombre. Y para excusar su mala memoria, se apresuró a aclarar al de la ambulancia: —A ver, tío, era un infeliz, un currante, que solía venir y fundirse el jornal en las chicas. Un colgado. ¿Quién estaba como para recordar nombres?

Lo curioso era que ningún miembro del numeroso personal sabía o recordaba cómo se llamaba o de dónde era. Ni la chica del guardarropa que le sonreía con todo su ser cada vez que entraba al local, ni el *maître* que lo recibía con reverencias cada semana, ni los camareros que le traían los champanes, uno tras otro, ni siquiera las chicas del local que se sentaban, todos los sábados, en su mesa hasta el amanecer. Lo único que recordaban es que dejaba buena propina. Y alguna de las chicas soltó que, quizás, se llamaba Takis.

Se llamaba Yannis, chicos. Yannis, y vivía con su madre en un pueblecito a pocos kilómetros de la ciudad.

Una vida sin

Siempre se sentaba en el centro del local. Solo, con un vaso de güisqui en la mano. Y, callado, esperaba a que comenzase la función y a que saliese Betty a pista. Llegaba temprano para asegurarse su mesa. Siempre igual. En el centro del local. No era para estar en el epicentro o para llamar la atención. Era, tan sólo, porque desde allí parecía que Betty cantaba exclusivamente para él.

Así, esperaba con paciencia cada vez a que llegara el turno de ella. Era el tercer nombre del cartel y salía después de las cuatro. Hasta entonces, mataba el tiempo bebiéndose un güisqui tras otro. No prestaba atención a nada. No reparaba en nada hasta que salía Betty. Y cuando, al fin, ella salía a la pista y cantaba sus canciones de amor desesperado, miraba, algunas veces, directamente a ella. Y era, entonces, cuando sus miradas se cruzaban y la de ella se quedaba enganchada sobre él, por un instante, un precioso instante, antes de que la apartase de nuevo. Éstos eran los momentos más importantes de su vida. Su corazón iba a hacerse añicos. Sólo entonces sentía que su vida, eso que, al fin y al cabo, llamamos vida, tenía alguna importancia. Sólo entonces, se sentía vivo.

Había otras veces en las que Betty se empecinaba en mirar hacia abajo bien porque tenía un mal día, bien porque tenía un colocón importante o cuando miraba a otros asiduos para hacer sus tejemanejes. Y, con la respiración entrecortada, él contaba los segundos hasta volver a mirarla directamente y que ella le devolviese la mirada. Y, entonces, se armaba de valor e intentaba, con los ojos, confesarle lo que no se había atrevido a decir en voz alta desde hacía tantos años. Le haría la declaración de amor más conmovedora. Le diría las más bellas palabras de amor.

Betty cantaba en el local de buzuki, tercer nombre, durante los últimos cuatro años. Y éste amanecía en la mesa central del local cada noche durante los últimos cuatro años. Perdido para su casa. Perdido para su mujer. Sus hijos lo veían poquísimo. El jornal que ganaba en la obra con tanto esfuerzo se lo fundía en un tiempo récord. Pedía prestado a amigos y conocidos y, cuando éstos se le acababan, pedía a algún conocido usurero de la ciudad. No le importaba nada. Lo único que le importaba era Betty. Hablarle…

Cada vez hacía acopio de sus fuerzas antes de entrar al local y se decía a sí mismo, con una voz atronadora, para envalentonarse:

—Esta vez le voy a hablar. La voy a invitar a mi mesa. De hoy no pasa. —Pero, cada vez, se amilanaba en el último momento y no lo hacía. Ya van cuatro años y no se había atrevido nunca a hablarle. No encontraba las palabras adecuadas. No encontraba el momento adecuado. Sólo observaba cada noche cómo ella iba a las mesas de los otros clientes. La veía desternillarse con chistes chabacanos e insinuaciones obscenas. La veía cómo dejaba que le metieran mano y que la sobaran, nunca de balde. Y veía cómo se los llevaba, dos y tres juntos a la habitación de atrás o a los aseos del local, dos y tres y más veces en una misma noche. Y ella sabía que la estaba viendo. Ella veía que él la estaba viendo. Y, de vez en cuando, le lanzaba una mirada, turbia por el güisqui y el colocón.

Hasta que una noche de esas interminables en las que él esperaba, solo y en silencio, siempre en la misma mesa a que Betty saliera a la pista para empezar a respirar de nuevo; Betty no salió. El maestro del puticlub dijo que, en su lugar, a partir de ahora cantará la Increíble Deppy. El anuncio lo pilló completamente desprevenido. Una descarga eléctrica recorrió su cuerpo. Se puso en pie de un salto, con los ojos echando fuego y se abalanzó sobre el primer camarero que pasaba. —¿Dónde…? ¿Dónde está Betty? —pudo apenas balbucear—. —Tío, ¿todavía no te has enterado? Está en boca de todos. La ha palmado, sobredosis. ¡Qué lástima de chiquilla, estaba a punto de cumplir los veintitrés!

De pronto, el local se sumió en la más densa oscuridad. ¿O quizás era su imaginación? Encontró la salida a tientas y salió dando tumbos. Se dobló por la mitad por el dolor y rompió en sollozos. En su interior, de repente, todo quedó en silencio.

UNIDAD V

Night life

Las vertiginosas repercusiones
del reconocimiento social de un barman

Barman en la barra central del local nocturno más *in* de la ciudad. —¡Ay! ¡Qué nivelón, cabronazo! —Se premiaba a sí mismo. Le llevó mucho tiempo conseguir llegar a donde estaba. Y mucho trabajo. Trabajó como un perro, doble turno durante tres temporadas seguidas en la cocina. Dio innumerables vueltas, kilómetros, fuera de bromas, con la bandeja en la mano hasta que el jefe se convenció finalmente de que merecía darle una oportunidad. Ponerlo tras la barra. Y, además, no detrás de cualquier barra. ¡Detrás de la barra central del local! Y ahora que había llegado a donde había llegado, se sentía como un rey. ¿Cómo se sintió aquel tipo en la proa del barco, con los brazos abiertos y abrazando a la tía, en aquella película que vio de chaval la última vez que fue al cine hace veintitantos años? Exactamente así se sintió él ahora. En la cima del mundo. Con toda la suerte del mundo de su parte.

Automáticamente, su posición social en la ciudad se disparó como un cohete. Teletransportado. No se hartaba de ver su jeta en la revista *lifestyle* local, cuya columna de sociedad dispensaba siempre la mayor parte de las instantáneas y los pies de foto más *high* para los bármanes célebres de la ciudad. Estaba en el puesto más destacado del local y atraía todas las miradas como un imán. Estaba en el centro de atención y las miradas de todos estaban clavadas sobre él.

Los clientes esperarían pacientemente haciendo cola para ser atendidos por su señoría. Estarían pendientes de cada una de sus palabras. Cogerían valor y harían su pedido con un siempre visible debido respeto en su tono de voz, sólo cuando él decidiera dirigirles la mirada y con un ligero movimiento de cabeza les diera el *ok*. Perseguirían su favor y lo sobornarían con pingües propinas para que les dejara tutearle, para presumir ante el chochete con el que se restregaban y, en cualquier caso, eran ellos los que mantenían el local y eso lo sabían hasta las piedras.

Y él, inaccesible y selectivo, como corresponde a su posición, mostraría su preferencia sirviendo copas por prioridad e invitando a chupitos sólo a aquéllos que realmente fueran dignos de permitirles acercarse a él. Se aseguraría de retener los nombres y de recordar la bebida favorita (antes, incluso, de que la pidieran) sólo de aquellos cuyo contacto le resultara útil. Políticos locales de todos los partidos, productores de la región, hombres de negocios, grandes empresarios, grandes promotores, grandes médicos, grandes abogados, periodistas, tías que están encima de ellos y la lista sigue.

Estos eran los elegidos que disfrutarían, en exclusiva, de su trato privilegiado. La pujante *high society* de su ciudad. Y su contacto con ellos, seguramente, le parecería beneficioso en el futuro. Porque hasta las celebridades son humanas. Es así como el barman sabe (y era un hacha en esto) tocar las teclas adecuadas para que le confiaran, tras el quinto o sexto güisqui, cosas que estando sobrios no se atrevían a reconocerse ni a sí mismos, los pensamientos más sucios y las acciones más insólitas. Y eso los hace sentir más cerca del barman. Sienten que pueden contárselo todo. Lo ven, a través de la bruma etílica, como a aquel entrañable amigo que perdieron hace años, como a la persona más discreta y digna de confianza que llevan buscando años en vano. El barman, sin embargo, llega más cerca. Más cerca a sus objetivos, en el caso de que necesite algún favor, servicio o ayuda. Al resto, a la masa anónima fuera del firmamento social local, le dispensaría la más indiferente y fría de sus actitudes. No se dignaría ni a hablarles ni a dirigirles una segunda mirada.

Por no hablar de las chicas. Las chicas se derriten por los bármanes. Se morían por ellos. Pero no por uno cualquiera. Sólo por los bármanes de la barra central, los que están en el centro de atención con todas las miradas puestas en ellos. Las chicas les tiraban los tejos a los bármanes de la barra central. Saben que sus acciones subirían hasta las nubes si se ligan al barman de la barra central. Que obtienen un reconocimiento inmediato. Que se consagran como buenorras en una noche. Así que incluso diez chicas, como suele decirse, podrían caer en una noche. Basta con que le echara ganas y hasta los baños del local suspirarían.

Pero lo que le molaba sobre todo era que su viejo, ahora, quisiera o no, estaría obligado a tragarse sus palabras. Cuando se enteró de que prefería ser barman en vez de repetir los exámenes para la universidad, le escupió a la cara que no iba a ser nadie en la vida. Ahora que es el primer barman, el barman de la barra central y las miradas de todos están puestas en él, las chatis se deshacen por él y le restregaba su jeta por las narices con la revista de *lifestyle* local, el viejo se tragaría la lengua. Reconocería su error. Lo reconocería a él. Se lo debía.

Sweet sixteen

En cuanto empezaron las clases, comenzaron de nuevo las negociaciones y los regateos. Pero, tras interminables rondas con sus padres, el partido terminó con un uno a cero a favor de ella.

Podría salir todos los viernes y sábados por la noche. Sólo que su madre resultó ser un hueso duro de roer. Y se puso firme en cuanto a lo del domingo: —¡Al día siguiente tienes clase! —le dijo enfurruñada. Su papá, su dulce papaíto, por su parte, estaba listo para caer cual fruta madura en lo del domingo. La culpa es de la cerda de su madre.

En cuanto a la hora de volver a casa *quedaron* a las cinco de la mañana, aunque su madre quería salirse con la suya, otra vez: —¡De las tres y media no bajo! —Se había emperrado. Pero se la dio con guante blanco: —¡Ya tengo dieciséis, mamá! Los chicos se van a cachondear de mí si me sigues tratando como un bebé.

¡A las cinco de la mañana, entonces! Así no correría peligro de que la viesen aparecer como una cuba. Porque, no había otra, volvería como una cuba. ¿Qué sentido tenía salir si no podía volver como una cuba? ¡Mejor olvidarlo y quedarse en casa viendo la tele con papá, mamá y la abuela como una niña buena!

Ella y su pandilla habían quedado en ir a ese nuevo local que anunciaban todos los carteles por las calles de la ciudad. Esta noche tenía grandes planes. Iba a tirarle los tejos al barman en toda regla. Pero no a cualquier barman, sino al barman de la barra central, al que tenía las miradas de todos puestas en él. Como se ve, estaba muy colada por los bármanes. Y tenía mucha experiencia con bármanes.

En concreto, se trataba de uno de esos juegos secretos que comparten los miembros de un grupo y que los une cada vez más. Cada vez que abría un nuevo bar (la ciudad tenía un pasado glorioso y un futuro aún más glorioso en bares y locales nocturnos) se apostaba en el grupo, que conocía su obsesión, si conseguiría tirarse al barman en media hora, ni un minuto más, desde que entraban en el establecimiento.

Si ganaba, y había aprendido a ganar casi siempre, salvo si le tocaba algún pseudopuritano o algún gay que no había salido del armario, todas las copas y pastillas de la noche corrían a cuenta del resto del grupo. Y esto siempre les salía caro, ya que solía consumir grandes cantidades de ambas cosas hasta perder el sentido.

Si, por el contrario, perdía, entonces su castigo era duro: tenía que acostarse con quien le señalasen dentro del local y, normalmente, sus amigos eran más que unos cabrones con sus elecciones (lo que le había tocado, en ocasiones, no quería ni pensarlo…).

Entró la primera al local y en seguida buscó, con la mirada, la barra central. Para *sopesar* su apuesta. —¡Vaya! Vaya tío de puta madre —chilló al oído de su mejor amiga—. Lo haría de todas formas y sin apostar.

Se acercó a la barra, con un aire empalagoso y, sin perder tiempo, le tiró los tejos al barman. En poco menos de quince minutos, nada más llegar su relevo, el barman la agarró fuertemente del culo y la arrastró a los aseos. Se veía desde lejos que al tipo le urgía descargarse.

—¿Te vienes? —Apenas le dio tiempo a decirle a su mejor amiga al pasar por delante de su mesa. Solían compartir a los tíos—. No —le respondió la otra, con desgana—; todo tuyo. ¡Esta noche no estoy por la labor!

A los diez minutos ya estaba de vuelta de los aseos y se sentaba con ellos de nuevo. —¡Me cago en la puta! —se lamentó—. No le he preguntado el nombre para apuntarlo en el diario.

Esa costumbre suya, de mantener un diario de esos con una rosa en la portada y un candadito en forma de corazón, la hacía parecer a los ojos de los demás del grupo tan romántica e inocente, casi como de otra época. Y, quizás, en un sentido tal vez distorsionado, lo fuera.

UNIDAD VI

El arte prospera en provincias

La poesía es un género muy, pero que muy incomprendido

Siempre le gustó la poesía. Desde pequeño, en la guardería, cuando recitó su primer poema en la fiesta de fin de curso, todos le aplaudían. Eso era. Desde entonces quedó encantado. En el colegio y más tarde en el instituto, le enseñaron todos los poetas clásicos: Dionisios Solomós, Andreas Kalvos, Kostís Palamás. A Yorgos Seferis y a Odysseas Elytis los leyó más tarde cuando era adolescente. A Kavafis, con sus atrevidos poemas eróticos, no lo tenía en gran estima. Él era y siguió siendo amante y devoto de la rima.

En cuanto terminaba su turno en la administración pública donde trabajaba como Jefe de sección B volvía a casa, comía con su mujer y sus hijos e, inmediatamente después, se apresuraba a encerrarse en la sala de estar trasera que también hacía las veces de despacho y se dedicaba a escribir. Escribía poemas obsesivamente. Siempre con rima. Con un contenido patriótico, un estilo épico y temas de Historia griega antigua y moderna. Su período histórico favorito era la Revolución Griega del 1821. No se hartaba de alabar y exaltar el heroísmo de los griegos. Sus poemas sobre este tema eran innumerables.

Envió sus creaciones a casi todas las editoriales conocidas, sin éxito. Algunas le enviaron una carta de rechazo, aunque amable y alentadora (algo así como que sus poemas contenían semillas de auténtica creatividad y que siguiera intentándolo hasta que llegase a buen camino), otras ni siquiera se molestaron en contestar. No se desanimó. Imprimió su primera colección de poemas haciéndose cargo de los gastos. Y luego la siguiente, y la siguiente, y la siguiente. Confiaba la distribución de cada colección a la única librería de la ciudad. Pero, por desgracia, a pesar de los diligentes esfuerzos de su amigo librero, que cada vez las ponía a presidir el lugar más destacable del escaparate de la librería, sus colecciones no se vendían. —La poesía no vende… —lo consolaba de forma estereotípica su amigo cada vez que pasaba, y pasaba casi todos los días, por la librería con el secreto anhelo de que se hubiera vendido al menos un ejemplar.

Las cajas de poemarios impresos ocupaban ya casi toda la sala de estar trasera. Su mujer había empezado a ver con malos ojos su hiperactividad poética. Viendo que no había manera, empezó a regalar sus colecciones a diestro y siniestro. De hecho, siempre llevaba consigo algunos ejemplares y en cuanto veía a alguien conocido en la calle, en el mercado, en el café, le regalaba uno. Siempre con una dedicatoria intelectualoide y grandilocuente.

Acudía, indiscriminadamente, a todos los actos literarios y presentaciones de libros, se llevaba aparte hábilmente al orador y se presentaba como poeta local (lo de *funcionario* se lo callaba con destreza) y le regalaba un ejemplar de todos sus poemarios, rogándole al mismo tiempo que le diera una opinión fundada, pues «su opinión es muy importante para mí», como decía a todo el mundo, pero a todo el mundo, sin falta. Así, se encontró con una muy buena colección de diversas tarjetas de visita, que hablaban, con pocas palabras y sin entrar en detalles, de sus *capacidades poéticas*.

Poco a poco, en sus salidas y encuentros sociales, cuando le presentaban a alguien se apresuraba a añadir *poeta* al lado de *funcionario*, provocando unas sonrisillas discretas entre los presentes y causando una evidente incomodidad a su esposa y, cada vez que ella no estaba a su lado, se declaraba exclusivamente *poeta*.

Cuando en algún momento quiso imprimir la décima sexta colección poética consecutiva, con la última cosecha de sus poemas sobre la Revolución Griega de 1821, retirando de nuevo una generosa cantidad de dinero de la cuenta corriente, su mujer se plantó. Le señaló, con firme severidad, que no podía derrochar más el dinero que estaba destinado a los estudios de los niños y para hacer sus *tontadas* —así de claro se lo puso— y que, de aquí en adelante, si quería hacer algo realmente creativo en su tiempo libre, que se pusiera a escribir cuartetas para la hoja parroquial y darle el gusto al padre Lambis que tantas veces se lo había pedido y él no se había dignado.

Después del jarro de agua fría y del *shock* inicial, se repuso muy rápido y, ya al día siguiente, anuló su encargo en la imprenta y se sentó con el resto de la familia ante la televisión para escribir las cuartetas del padre Lambis.

Gran intelecto

Desde los primeros cursos del instituto, leía a Dostoyevski y a Kafka. Sólo se vestía de negro. Asistía, sin falta, a las proyecciones semanales del Cineclub local. Escuchaba continuamente la Emisora Cultural en la radio nacional. No se perdía el Cineclub en la televisión, presentado por Bakoyanópulos (en cambio, Tsiringulis, que lo sucedió, en su opinión, le sabía a *poco*). Sólo se relajaba con música clásica y arias de óperas conocidas. Encargaba todas las revistas literarias en circulación a la única librería de la ciudad. Sentía una afinidad intelectual con T. S. Eliot, así como con Ezra Pound. Y su tema de conversación tenía que ver, sólo y exclusivamente, con el teatro y la poesía, en todas sus formas y manifestaciones posibles.

«Gran intelecto» le llamaban sus compañeros de clase. Le daba igual. Lo atribuía, como tantas otras cosas, a su conocida ignorancia y lo pasaba sin pensárselo dos veces. Se sentía intelectualmente solitario. Miraba por encima del hombro, sin disimular, al ambiente social de su ciudad. «Una masa», pensaba despectivamente, «intelectualmente subdesarrollados, sin ninguna inquietud intelectual o sensibilidad artística».

Estaba DESESPERADO por huir. Se sentía asfixiado. Nadie lo comprendía. Ni podían entenderlo. Ni profesores ni compañeros de clase ni amigos. Ni siquiera sus padres, a pesar de que los pobres intentaron con buena voluntad; pero ¿qué le vamos a hacer? Estaban a años luz de él. Su padre, funcionario toda la vida, su madre, todo el día sobre el fregadero, a sus ojos eran tan incultos e ignorantes, tan banales y unidimensionales que los trató desde el principio de su adolescencia con una tolerancia medio despectiva y casi con un encubierto sentimiento de superioridad.

La entrada a la universidad era, como suele ocurrir en estos casos, su único billete de salida de la ciudad. Se presentó a los exámenes tres veces seguidas para entrar en la facultad de Filosofía. Y las tres veces fracasó estrepitosamente en Redacción. Su padre le propuso abrir un negocio. Pidió un préstamo al banco, sacó el fondo de pensiones y le puso una librería. Éso era lo que quería. Nada más. A pesar de que su padre le decía que la librería no era una decisión inteligente, que no era un negocio rentable. Que ya había una en la ciudad y que el público lector era, de hecho, pequeño, y que no había cabida para una segunda librería. No le hizo caso. Terco. Desde el principio parecía que la librería no se cerraría gracias al apoyo de unos pocos amigos suyos que eran ratones de biblioteca como él. Y, por supuesto, ni hablar de beneficios. Se limitaba apenas a cuadrar beneficios y gastos.

Pero su gran anhelo inconfesable, lo único que seguramente podría hacer realidad si hubiera ido a la Universidad y escapado de esta ciudad intelectualmente muerta, era convertirse en director de teatro. Puede que no hubiese visto casi nada de teatro en su ciudad, sólo alguna patulea de mala muerte y sacacuartos baratos; pero eso no le había desanimado lo más mínimo. Desde el colegio había estado leyendo todos los libros sobre teatro que caían en sus manos y luego todo lo relativo que él mismo traía a la librería. De todas formas, nadie compra. En un momento dado, incluso consiguió montar un grupo teatral *amateur* y se hizo cargo de la dirección. Pero el público de la ciudad que acudió a ver el estreno no apreció en absoluto la obra de Beckett *Esperando a Godot*. Hasta el final de la representación quedaban menos de diez personas en el auditorio, y ellos no contaban, ya que eran parientes cercanos de los miembros del grupo. «Elitista» fue lo que el periódico local escribió al día siguiente de forma despectiva sobre su versión artística, centrándose en la dificultad para comprender la obra y el abandono masivo del público a mitad de la función. Y juró que no volvería a dignarse a tratar con sus ignorantes e iletrados conciudadanos. Ellos se lo pierden. «Allí los dejo como una fácil presa de las patuleas y los sacacuartos que encallan en la ciudad. De las comedietas rudimentarias y de los bulevares de mala muerte. Al fin y al cabo, ¡es lo único que entienden!», pensaba acibarado, no muy alejado de la realidad local.

Y, así, se retiró temprano del noble aunque tardío esfuerzo por educar teatralmente a los habitantes de su ciudad y de ahí en adelante se limitó a interminables discusiones teóricas y a comunes disquisiciones intelectuales con sus pocos amigos, los ratones de biblioteca, que duraban, la mayoría de las veces, hasta el amanecer.

En vez de epílogo

Todos se burlaban de él. Allí donde fuera, las mofas le caían a jarros. Era la ocupación preferida de los habitantes de esa ciudad. Al principio se sentía herido, respondía, algunas veces incluso violentamente. Insultaba y mandaba al cuerno a sus groseros conciudadanos que no le dejaban hacer su trabajo en paz. Pero esto parecía que les daba aún más cuerda. Sus burlas se inflaban y sus ataques se disparaban incluso con mayor velocidad. Por tanto, se vio obligado a aceptarlo como un mal inevitable, como un añadido a la naturaleza de su trabajo.

Además, con los años se dio cuenta de que esto era bueno para el *negocio*, que lo ayudaba a vender más lotería ya que, después de las bromas pesadas a su costa por parte de sus conciudadanos, daba la impresión de que recapacitaban, sentían remordimientos por sus mofas y, para expiarse a sus ojos, compraban incluso más lotería. De esta forma, no fueron pocas las veces en las que agotó la mercancía. Por ello, además, también él, en un momento dado, no sólo cesó de enojarse y de darles importancia, sino que, al contrario, él mismo provocaba como un comerciante oportunista, atrayendo su atención con salidas y comentarios pícaros.

Dicen que uno de los rasgos más característicos que distinguen a una gran ciudad de una pequeña, como la suya, es que esta última, en cualquier momento, puede numerar y nombrar a sus *locos*, a sus propias figuras identificables y pintorescas. Y en su caso, de buena gana aceptó encuadrarse en el *panteón* de las figuras pintorescas de su ciudad, con el fin de que su trabajo fuera bien y diese de comer a la familia.

Además, les daba la razón. Su aspecto no les era nada agradable. Su aspecto les provocaba. Provocaba las burlas, las mofas y comentarios, incluso hasta sus ataques. Y todo se lo merecía. Su aspecto, no él mismo. A él no lo conocían y, así, no le podían afectar sus actitudes. Si lo conocieran, si se molestaran en conocerlo alguna vez, seguro que les caería simpático. Estaba seguro de ello.

Y, por una sensación extraña que ni él mismo podía explicar bien, se alegraba de que, al ser una diana fácil para el desahogo de sus conciudadanos, les hacía sentirse mejor consigo mismos. Porque, con lo que llevaba escuchado y observado durante todos estos años, les hacía mucha falta.

Bueno, al ser insignificante e invisible para la mayor parte de sus conciudadanos, éstos hablaban y actuaban delante de él sin preocuparse por él ni tomarlo en cuenta. A modo de una consecuencia inevitable, lo quisiera o no, conocería todos sus *secretos* de turno: todo el caos de su vida aparentemente ordenada, toda la quiebra sentimental, la soledad y las encerronas psicológicas que bullían bajo la frágil superficie.

Y la gran duda que le había nacido tras la observación de tantos años fue que, en una ciudad provinciana, tan pequeña como la de ellos, podría abarcar todo ello…